Sonidos en la selva

Lada Josefa Kratky

NATIONAL GEOGRAPHIC LEARNING | CENGAGE Learning·

En la mañana, la selva se
llena de sonidos.

Por arriba de los árboles, los loros salen de sus nidos. Salen a buscar algo para comer.

Churruk
churruk chuk
chuk chi ur

"Churruk churruk chuk chuk chi ur". Es el loro verde, que así llama y llora.

4

"Ar, ar, ror", canta el loro de cabeza amarilla.

"A–a–a", chilla el monito. Corre y salta de rama en rama. Usa la cola para agarrarse de las ramas.

El monito busca moras maduras.
Pero si no le gusta una mora, la
tira. Sólo come la que le gusta.

Llega la noche. Abajo, en la selva oscura, se oye: **"Rr, rr, rr"**.

Con sus garras, corre y se agarra de una rama. Desde la rama, escucha y mira.

Pero no oye al perezoso.
El perezoso es tan lento
que ni se oye ni se ve.

Pero la ranita sí se oye.
La ranita llena la selva con
los sonidos de la noche.

"Co–cororó", canta la
ranita. Pero los loros callan . . .
hasta llegar la mañana.